Anna
Ratte
Stefans Vater

Dieses Buch gehört:

____

Heiko Wolz

Zombies – bis der Arzt kommt!

Mit Illustrationen von André Sedlaczek

CARLSEN

Die Erklärungen zu den farbigen Begriffen findest du in deinem eigenen Wörterbuch auf Seite 75.

Wenn du das Buch ganz gelesen hast, bekommst du am Ende eine tolle Urkunde!

MIX
Papier | Fördert gute Waldnutzung
FSC® C022120
FSC www.fsc.org

Völckersstraße 14–20, 22765 Hamburg
ISBN 978-3-551-06844-6

Umschlag- und Innenillustrationen: André Sedlaczek
Lektorat: Constanze Steindamm
Layout und Satz: Karin Kröll
Lithografie: ReproTechnik Fromme, Hamburg

INHALT

KAPITEL 1

Heilige Kürbislaterne!

Stefan rannte den Flur hinunter.
Wo blieb Anna?
Musste seine Freundin
gerade heute lahm sein
wie ein **Kriecher**?
Er stoppte an einem Fenster
und sah hinaus.

Vor der Schule stand der Brunnen des Dorfes.
Dahinter ragte die Kirche in den blauen Himmel.
Die Bibliothek war nur ein paar Blöcke niedriger.
Trotzdem war sie fast zu klein
für die vielen Bücher. Stefan wusste das.
Er lebte dort mit seinem Vater,
dem Bibliothekar.

Stefan selbst sollte Fischer werden. Das wollten die übrigen Dorfbewohner so. Bald würden sie endgültig darüber abstimmen. Der Beruf passte irgendwie auch zu ihm: Er war gern im Freien und saß nie lange still. Außer, wenn er ein Buch mit Geheimnissen fand.

Gestern hatte er etwas über
versteckte Tunnel gelesen.
Bestimmt gab es unter seinem Dorf auch einen!
Er musste nur den Eingang finden.
Dann konnte er zeigen,
dass mehr in ihm steckte.
Doch wo konnte sich der Eingang befinden?
Stefan war klar: Im Keller der Schule!
Es war das perfekte Versteck.
Da würde niemand suchen.

Endlich kam Anna nach.
Ihre Eltern behaupteten, Stefan habe sie mit seiner Abenteuerlust angesteckt.
„Ich passe nur auf ihn auf!“, meinte sie dazu.
„Sonst bringt die Neugier ihn noch in Gefahr.“
Sie lächelte ihn an.
Stefan wurde so heiß im Gesicht, als hätte er den Kopf in einen Lavasee getaucht.
Heilige Kürbislaterne!

Hoffentlich bemerkte Anna es nicht.

Schnell zündete er die mitgebrachte Fackel an und ging auf die Treppe in den Keller zu.

Welche Gefahr konnte da schon auf sie lauern?

KAPITEL 2

Ein schreckliches Geräusch

Wenn seine Spitzhacke nur aus Eisen wäre,
oder aus harten Diamanten.
Dann käme er ruckzuck durch die Wand,
die sich am Ende des Ganges befand.
Dahinter musste der Tunnel liegen.
Stefan schlug mit seiner Holzhacke zu.
Wieder und wieder.
Endlich hatte er ein Loch
in den Stein geklopft und …

„Iiihhh!“

Ein Wasserstrahl schoss hervor.
Auf Stefan. Und die Fackel.
Mit einem Zischen erlosch sie.

„Wir müssen das Loch verschließen!“,
rief Anna.
Sie hob die Brocken vom Boden auf.
„Sonst läuft der ganze Keller voll!“
„Wenn wir einen **Trank** der
Unterwasseratmung hätten,
wäre das kein Problem“, sagte Stefan.
Anna kicherte.
„Und gleich holt uns der Enderdrache, was?
Hilf mir lieber!“
Sollte sie nur lachen.

Irgendwann würde er beweisen,
dass in den Märchen über **Tränke** und
den **Nether** ein wahrer Kern steckte.
Endlich hörte das Wasser auf
zu plätschern.
Kein Tunnel unter dem Dorf.
Aber ein unterirdischer Fluss.
Immerhin.

„Ohne Fackel ist es düster“, stellte Anna fest.
Stefan nickte. Das war nicht gut.
Wenn es zu dunkel wurde, dann …
„Uuuääähhh!“, drang es da auch schon
aus der Kammer rechts von ihnen.
„Sag bitte, dass das dein Magen war“,
flüsterte Anna.
Stefan antwortete nicht.
Es lief ihm kalt den Rücken hinunter.
Und das lag nicht an der überraschenden
Dusche, die er gerade bekommen hatte.

KAPITEL 3

Angriff der Grünköpfe!

Hatten Zombies nichts Besseres zu tun,
als aus dem Nichts zu erscheinen?
Spawnen nannte man das.
Gleich eine ganze Horde taumelte in den Gang.
Direkt auf Stefan und Anna zu!
Doch einen Plan schienen sie nicht zu haben.
Die Zombies liefen sich fast über die Füße.
Ein kleinerer stieß einen größeren fast um.
Es sah beinahe aus, als kämpften sie.
Das war natürlich Unsinn.
Aber es war auch Stefans und Annas Chance!
Stefan zog Anna an den Grünköpfen vorbei.

Der große Zombie packte auf einmal Anna.
Da näherte sich wieder der kleinere.
Er bedrängte den großen,
sodass dieser zur Treppe floh.
Der kleinere setzte ihm nach.
Der Rest der Horde folgte ihnen.
Sollten sie nur nach oben laufen!
Die meisten Monster hatten nämlich
ein Problem mit dem Sonnenlicht:
Sie gingen darin in Flammen auf.

Stefan hätte gern gesehen, welche Gegenstände die Zombies **droppten,** wenn sie sich auflösten. Manchmal hinterließen sie echt nützliche Dinge!

„Oh, Mist“, fluchte Stefan. „Der Kleine kommt zurück. Er hat wohl keine Lust auf Sonnenbrand!“

Oder hatte er die anderen Zombies nur verjagt, damit er seine Hauptspeise nicht teilen musste? Und die Hauptspeise waren ... Stefan und Anna!

Der Zombie näherte sich Anna.

Das konnte Stefan nicht zulassen!

„Huhu, Brokkoli-Gesicht!“, rief er. „Fang mich doch!“

Er wich zurück und versteckte sich hinter einer Tür.

Der Zombie schlurfte in die Mitte des Raums.

„Uäh ... äh ... hä?“

Stefan sprang aus seinem Versteck.

Er rannte nach draußen.

Dann schlug er die Tür zu und verriegelte sie.

Der Grünkopf sah Stefan durch das Gitter

in der Tür überrascht an.

„Kinderspiel“, sagte Stefan lässig.

In Wahrheit klopfte sein Herz wie wild.

Noch nie war er einem **Mob** so nahe gekommen.

Anna hatte seit dem Angriff des großen
Zombies nichts mehr gesagt.
Stefan ging zu ihr.
Und machte einen Satz rückwärts,
als er bei ihr war.
„HEILIGES GEMÜSE!“
Anna war eindeutig noch Anna.
Aber irgendwie sah sie auch aus
wie ein Zombie.

KAPITEL 4

Zombie-Salat

„Wir müssen etwas unternehmen!“, sagte Stefan.
Alle Köpfe drehten sich zu ihm.
Er war zum Haus von Annas Eltern gelaufen.
Stefans Vater war auch da.
Mit der weißen Robe des Gelehrten
fiel er sofort auf.
„Sie wurde gebissen und verwandelt
sich bereits. Dagegen sind wir
machtlos.“

Annas Vater mischte sich ein.
Seine Augen funkelten Stefan wütend an.
„Ohne dich wäre sie nie in den Keller gegangen!
Jetzt haben wir den Salat!“
Annas Mutter schniefte.
„Einen Zombie haben wir. Keinen Salat.“
„Äh, korrekt. Da haben wir den Zombie!
Musst du deine Flachnase überall hineinstecken?“

Stefan schaute betroffen zur Seite.

Alle Dorfbewohner hatten prächtige Nasen.

Nur seine war klein und flach.

Fast nicht vorhanden.

Aber Moment mal!

Er steckte seine Nase überall hinein?

Das stimmte.

In Bücher zum Beispiel!

Wenn es eine Lösung für Annas Problem gab,

stand sie in einem der verbotenen Bücher!

Dummerweise waren sie nicht umsonst verboten.
Sein Vater würde ihm nie erlauben, sie zu lesen.
Aber achtete er überhaupt noch auf ihn?
Nein, er tuschelte schon wieder mit den anderen.
Wenn Stefan sich beeilte und heimlich nachsah?
Er schlich aus dem Haus.
Draußen rannte er los, als wäre wieder
eine ganze Herde Zombies hinter ihm her.
Auf zur Bibliothek!

KAPITEL 5

Flachnase in Gefahr?

„Verflixt!"

Zehn verbotene Bücher hatte Stefan nun schon durchgeblättert.

In keinem hatte er einen Hinweis gefunden, wie er Anna helfen konnte.

Bald würde sein Vater nach Hause kommen.

Bis dahin musste er auf das richtige Buch stoßen.

Er zog einen dicken Band aus dem Regal:

FORTSCHRITTE UND ERFOLGE
IN DER WELT DER BLÖCKE.

Er überflog den Inhalt und ... Da stand es!

DER ZOMBIE-ARZT: WIE MAN EINEN
DORFBEWOHNERZOMBIE HEILT.

Aufgeregt schlug Stefan das Kapitel auf.

Er machte große Augen.

Für die Heilung brauchte er

eine Menge Zutaten.

Einige waren kein Problem.

Aber andere ...

Irgendwie hatte Anna recht:

Das hörte sich nach echter Gefahr an.

Aber für Anna würde Stefan

sich ihr stellen.

Und sie hoffentlich überleben.

KAPITEL 6

Auf Spinnenjagd

In der verlassenen Mine südlich des Dorfes
sollte es einen **Monsterspawner** geben.
Angeblich spuckte er eine Höhlenspinne
nach der anderen aus.
Deshalb mieden die Dorfbewohner die Mine.
Aber Stefan brauchte eine Spinne.
Oder besser gesagt, eins ihrer Augen.
„Höhlenspinnen sind zwar kleiner und wendiger
als normale Spinnen“, machte Stefan sich Mut.
„Aber die gute Nachricht ist, dass ...“
Er stockte.
Es gab keine gute Nachricht!
Höhlenspinnen waren kleiner.

Sie waren wendiger als normale Spinnen.

UND sie waren giftig. Heilige Kürbislaterne!

Auf was hatte er sich da eingelassen?

Auf wackligen Beinen betrat er die Mine.

Rasch zündete er mehrere Fackeln an

und leuchtete den Rückweg aus.

So konnten keine Brokkoli-Gesichter spawnen.

Balken stützten die Decke ab.

Stabil sahen sie nicht gerade aus.

Stefan ging vorsichtig weiter.

Immer tiefer stieg er hinab.

Er bog in einen

Stollen und ...

„Bäh!“

Spinnweben!

Aber da!

Jenseits des grauen Schleiers stand
ein Kasten aus schwarzen Stäben.
Im Inneren hockte eine blaue Spinne.
Sie begann sich zu drehen.
Funken sprühten um das Gebilde.
Der Monsterspawner!

Stefan hatte ihn durch seine Gegenwart aktiviert! Schon hüpfte eine Spinne heraus und krabbelte auf ihn zu.

Die Augen glühten angriffslustig. Mit Pfeil und Bogen hätte Stefan aus sicherer Entfernung schießen können. So aber musste er sich der Kreatur mit dem Schwert stellen. Das hatte er sich am Morgen vom Schmied besorgt. Ganze drei Kuchen hatte es ihn gekostet!

Zwei weitere Spinnen folgten der ersten.

Ihr wütendes Zischen hallte durch den Stollen.

Die erste Spinne sprang Stefan an.

Er wich aus.

Er hob sein Schwert und ...

Vorbei!

Immer wieder hieb er nach dem flinken Tier.

Er verfehlte es jedes Mal.

Die Spinne trieb ihn fast

bis zum Ausgang

der Mine zurück.

Stefans Arme wurden schwer.
Er konnte das Schwert kaum noch heben.
Griff die Spinne jetzt an,
würde sie ihn sicher beißen.
Das Tier hüpfte auf ihn zu.
Stefan holte aus.
„Augen zu und durch!“, rief er und
schmetterte sein Schwert mit letzter Kraft
gegen den morschen Stützbalken neben sich.
Der Balken brach.
Steinblöcke regneten herab.
Es donnerte wie beim schlimmsten Gewitter.
Der Staub raubte Stefan den Atem und
nahm ihm die Sicht.

KAPITEL 7

Drop-drop, hurra!

Stefan wartete auf den nächsten Angriff.

Aber er blieb aus.

Hatte sein verrückter Plan funktioniert?

Im Schein der Fackeln betrachtete er das Chaos.

Unter einem Stein lugte ein Spinnenbein hervor.

Es bewegte sich nicht.

Nach einigen Sekunden löste es sich

mit einem *Plopp!* auf.

Schnell schaffte Stefan den Schutt beiseite.

„Ja!", jubelte er.

Vor ihm schwebte ein Spinnenauge in der Luft.

Genau der **Drop**, den er brauchte!

Hastig steckte er das glibberige Ding

in sein **Inventar**.

Jeder Dorfbewohner trug diesen

unsichtbaren Beutel bei sich.

Darin konnte man so ziemlich alles verstauen.

Das war echt praktisch.

Stefan hörte, wie die übrigen Spinnen auf der anderen Seite der Steine böse zischten.
Schnell weiter!
Die Tiere würden nicht lange brauchen, um einen Weg zu ihm zu finden.
Der Anfang war gemacht.
Aber er hatte noch viel zu tun.

KAPITEL 8

Crafte für Anfänger

„Was machst du da?“
Stefans Vater streckte den Kopf ins Zimmer.
„Och, ich **crafte** ein bisschen“, antwortete Stefan.
Gelogen war das nicht, aber sein Vater musste nicht sehen, was genau Stefan craftete.
Schnell versteckte Stefan alle Zutaten.
„Mach nicht mehr zu lange“, verabschiedete sein Vater sich. „Morgen reden wir in Ruhe. Und keine Sorge! Annas Eltern werden sich beruhigen. Sie sind nicht die Ersten, die ein Kind an die Zombies verlieren.“
Vielleicht fanden die Erwachsenen sich damit ab.
Aber nicht Stefan!

Im verbotenen Buch hatte er gelesen:

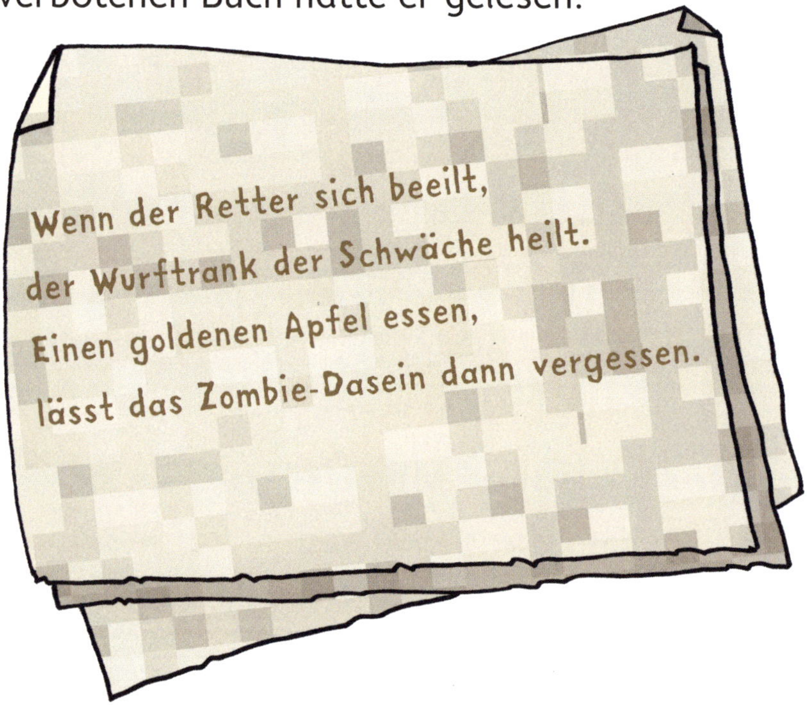

Stefan wandte sich dem Craftingfeld vor sich zu.

Er legte das Spinnenauge darauf.

Er bestreute es mit Zucker.

Dann gab er einen braunen Pilz hinzu.

Die Zutaten reagierten miteinander und

wurden zu einem fermentierten Spinnenauge.

Besonders appetitlich sah das nicht aus!
Aber damit hatte Stefan alles, was er für den Wurftrank der Schwäche brauchte.
Es fehlte nur ein Stand, um den Trank zu brauen.
Darum würde Stefan sich morgen kümmern.
Er schlang die Arme um die angezogenen Knie.
Das würde eine frostige Angelegenheit werden.

KAPITEL 9

Nimm das, Kleiderbügel!

Eisiger Wind pfiff Stefan ins Gesicht.
Die Kälte kroch unter die gefütterte Jacke.
Dabei hatte er die verschneite **Tundra**
nördlich des Dorfes gerade erst betreten!
Die weiße Ebene lag vor ihm.
Nur vereinzelt schaute ein grüner Tupfen
Gras hervor.
Stefan musste ein Iglu finden.
Die Hälfte der Iglus hatte einen Keller.
Und darin befand sich immer ein Braustand.
Niemand wusste, wer die Iglus baute.
Oder für wen sie gemacht waren.
Sie waren einfach da.

Stefan stakste weiter durch den Schnee.
Stundenlang irrte er umher.
Sein Glück schien aufgebraucht.
In Kürze musste er umkehren, sonst schaffte er es nicht vor der Dämmerung zurück ins Dorf.
Da fiel ihm in der Nähe eines Hügels ein kleiner runder Bau auf.
Ein Iglu!
Endlich.

Aber was war das?
Im Schatten des Hügels
bewegte sich eine Gestalt.
„Oh, nein“, stöhnte Stefan.
Ein **Eiswanderer** war gespawnt!
Er sah einem Skelett ähnlich,
trug aber graue Lumpen als Kleidung.
Und einen Bogen in der Hand.
Stefan wusste, dass er damit
Pfeile der Langsamkeit
verschoss.

Der Kleiderbügel konnte ihm echt gefährlich werden!
Noch hatte der Eiswanderer Stefan nicht gesehen.
Aber bald lag auch das Iglu im Schatten.
Dann spawnten bestimmt weitere Mobs und Stefan würde nie hineingelangen.
Er sammelte all seinen Mut und rannte los.
Der Eiswanderer wirbelte herum.
Sofort legte er den ersten Pfeil auf.
Stefan duckte sich, als er heranzischte.
Er surrte zwei Blöcke an ihm vorbei.

Der zweite Pfeil kam Stefan schon näher.
Die wandelnde Frostbeule stand mittlerweile
auch direkt hinter dem Iglu!
Stefan hielt genau auf ihn zu.
Er gab ein einfaches Ziel ab!
Der dritte Schuss konnte ihn gar nicht verfehlen!
Der Pfeil rauschte heran.
Stefan ließ sich fallen.

Er schlitterte auf dem Hosenboden
unter dem Geschoss hindurch
auf das Iglu zu.

Im letzten Moment schleuderte Stefan dem Eiswanderer eine Ladung Schnee ins Gesicht.

So konnte er keinen Pfeil mehr auflegen.

„NIMM DAS, KLEIDERBÜGEL!"

Stefan rutschte ins Iglu.

Er krachte gegen den Herd und kam zum Stehen.

Im Inneren des Iglus flackerten fünf helle Fackeln.

Kein Eiswanderer, Skelett oder Zombie würde je hier eintreten.

Stefan war gerettet!

Aber noch hatte er nichts gewonnen.
Sofort sah er sich um.
Tatsächlich, die Behausung hatte einen Keller!
Dem Himmel sei Dank!
Stefan eilte zur Leiter und
holte aus dem Inventar, was er dabeihatte.
„Eine Glasflasche“, zählte er auf.
„Lohenstaub. Schwarzpulver.
Und das fermentierte Spinnenauge.“
Er hatte eine lange Nacht vor sich.
Aber danach konnte er Anna zurückverwandeln.
Und damit beweisen,
dass die Legenden
wahr waren.

KAPITEL 10

Alles umsonst

„Nein, du darfst *nicht* zu ihr."
Annas Vater blickte
grimmiger drein
als der Eiswanderer.
„Du hast genug
Schaden angerichtet."
Stefan lugte an ihm
vorbei in die Stube.
Wo war Anna?
Ah, richtig.
Als Zombie musste sie die Sonne meiden.
Ihre Eltern hatten sie daher sicher
in den Keller gebracht.

Aber Stefan *musste* zu ihr. Er musste den Wurftrank auf sie schleudern und ihr den goldenen Apfel geben. Und es musste heute geschehen. Morgen würden die Dorfbewohner beraten, was mit Anna geschah. Das hatte ihm sein Vater gesagt. Durfte sie bleiben? Oder war sie eine Bedrohung und musste gehen?

Er sah Annas Vater fest in die Augen.
„Wenn der Retter sich beeilt,
ein Wurftrank der Schwäche heilt.
Einen goldenen Apfel essen,
lässt das Zombie-Dasein …“
Annas Vater fiel ihm ins Wort:
„Das hast du aus einem deiner Bücher, oder?
Du glaubst doch nicht wirklich an den Unsinn?“
Er schlug Stefan die Tür vor der Nase zu,
ohne auf die Antwort zu warten.

Es war vorbei.

Mit gesenktem Kopf trottete Stefan los.

Alle Gefahren waren umsonst gewesen.

Das war nicht einmal das Schlimmste.

Anna würde ein Zombie bleiben.

Und er war schuld!

Er hatte den Tunnel suchen wollen.

Er hatte Anna in den Keller geführt.

„*Mich* hätte der Zombie beißen sollen!“,
warf er sich vor.

„Ich hätte mich vor Anna werfen müssen,
als die Grünköpfe ...“

Er stockte.

Ein Grünkopf hockte ja noch in der Schule.
Oder hatte er sich befreit?
Wartete er nur auf die Nacht,
um noch mehr Dorfbewohner anzugreifen?
Die Frage brannte sich in Stefans Gehirn.
Er würde keine Ruhe haben,
bevor er sie nicht beantwortet hatte.

KAPITEL 11

Du riesige Karotte!

Stefan stellte eine Kürbislaterne
auf die unterste Stufe.
Sie leuchtete heller als seine Fackel.
Mulmig war ihm trotzdem zumute.
Der Gang lag leer vor ihm.

Die Tür zur Kammer sah verschlossen aus.
Aber Stefan musste sie kontrollieren,
wenn er sicher sein wollte.
Er näherte sich ihr vorsichtig und ... RUMMS!
Etwas knallte von innen gegen das Holz.
Der Grünkopf schaute durch
das vergitterte Fenster.
Zum ersten Mal sah Stefan ihn sich genauer an.
Er musste so alt wie Stefan und Anna sein.
Eigentlich machte er einen netten Eindruck.
Die Augen blitzten freundlich.
Und neugierig.
Aber Zombie blieb Zombie.

„Frndn gt?“, brummte das Monster.

„Was?“, fragte Stefan überrascht.
Er hatte einen Zombie noch nie etwas anderes als UUUÄÄÄHHH! oder ÄÄÄRRRGGGHHH! brüllen hören.

„Freundin gut?“, brachte der Zombie deutlicher hervor.

„ACH, DU RIESIGE KAROTTE!“, japste Stefan.
Der Brokkoli sprach!

Hatte Stefan doch richtig gesehen?
Hatte der kleine gegen den großen Zombie gekämpft?
Hatte er Anna und ihn vielleicht sogar beschützen wollen?

„Es geht ihr schlecht", antwortete Stefan.
„Sie hat sich verwandelt.
Ich kann sie heilen.
Glaube ich.
Aber niemand hilft mir."

Der Zombie hüpfte aufgeregt
in seiner Zelle auf einem Bein.
„Iccchhh!“, krächzte er. „Ich helfe.“
Stefan konnte es immer noch nicht fassen:
Er unterhielt sich mit einem Zombie!
Aber er spürte, dass die Kreatur es ernst meinte.
Zu zweit konnten sie es wirklich schaffen.
Aber wie?
Stefan grinste, als ihm eine Idee kam.

KAPITEL 12

Gut gemacht, Brokkoli!

„UUUÄÄÄHHH!“, brüllte Brokkoli.
So nannte Stefan den Zombie, seit sie gemeinsam den Plan besprochen hatten:
Brokkoli sollte Annas Eltern in den hinteren Teil des Hauses locken.
Dann konnte Stefan sich in den Keller schleichen.
Dafür hatte Stefan Brokkoli einen Helm aus Leder gecraftet.
Er schützte ihn vor der Sonne.

„Noch mal“, flüsterte Stefan.

Brokkoli grinste.

„UUUÄÄÄHHH!“

Hinter dem Fenstergitter erschienen die blassen Nasen von Annas Vater und Mutter.

„Ein Zombie?“, fragte Annas Mutter.

„Um diese Uhrzeit?“

Stefan rannte los.

Schnell, bevor Annas Vater die Tür abschloss!

Er trat ein und stieg die Leiter

in den Keller hinab.

„Anna!“, stieß er leise hervor.

„Guuuäääärrrggg!“, antwortete seine Freundin

aus dem Abstellraum.

Stefan verstand kein Wort.

„Genau“, sagte er trotzdem.

„Und jetzt komm!“

Er öffnete die Tür und hielt die Luft an.
Ging Anna gleich wie ein wilder Zombie
auf ihn los?
Oder erkannte sie ihn?

Anna machte einen Schritt auf ihn zu.
„Gääăuuuhhh?“, fragte sie.
Aber sie fiel nicht über ihn her.
Stefan atmete erleichtert aus.
Er warf Anna den zweiten Helm zu,
den er gecraftet hatte.
Anna setzte ihn sofort auf.
Hintereinander stiegen sie
die Leiter nach oben.

Sie liefen aus dem Haus und zur Schule.
Dort stieß Stefan einen Pfiff aus.
Das war das Zeichen für Brokkoli.
Er ließ Annas Eltern in Ruhe und
schlurfte herüber, so schnell er konnte.
Zu dritt gingen sie in Stefans und Annas
Klassenzimmer.
Stefan stellte Anna in die Mitte und kramte
in seinem Inventar-Beutel nach dem Wurftrank.

Da war er!

Jetzt kam es darauf an.

Würde Stefan Anna treffen?

Hatte er die Zutaten richtig gemischt?

Stand in den verbotenen Büchern die Wahrheit?

Es gab nur einen Weg, das herausfinden:

Er schleuderte den Trank mit

aller Kraft auf Anna.

KAPITEL 13

Abwarten und Kuchen essen

Die Flasche zerschellte auf dem Boden.
Rauch hüllte Anna ein.
Anna begann zu zittern.
Nach ein paar Sekunden
brodelte sie geradezu!
Brokkoli sah Stefan
fragend an.
„Gut?“

Stefan zuckte die Schultern.
„Ich weiß es nicht.“

Stefan hatte gelesen, wie er sie heilen konnte.

Über die Heilung hatte da nichts gestanden.

Brokkoli und er konnten nur hoffen.

Er setzte sich in sicherer Entfernung

auf einen Tisch.

Brokkoli hockte sich neben ihn.

Zusammen beobachteten sie die zischende Anna.

Stefan wühlte in seinem Beutel.

„Jetzt heißt es abwarten“, sagte er.

„Und Kuchen essen.“

KAPITEL 14

Auf zu neuen Abenteuern?

Stefan schreckte hoch.
Er musste eingeschlafen sein!
Kein Wunder nach den Strapazen
der letzten Tage.
Er rieb sich die Augen und sah sich um.
Hatte ihn jemand gerufen?
Er war sicher, dass er seinen Namen
gehört hatte.
Brokkoli stand in der Mitte des Klassenraums.
Und neben ihm war …
„ANNA!“

Stefan sprang auf.
Mit drei Schritten eilte er zu ihr und
drückte sie fest.
Sie war keine Spur mehr grün im Gesicht.
Aber knallrot, als er sie losließ!
Als wäre sie kopfüber in einen Lavasee gefallen!
Annas Magen grummelte.
Richtig, der goldene Apfel!
Stefan holte ihn aus dem Inventar und
gab ihn Anna.
„Hier, iss!"
Mit jedem Bissen sah Anna besser aus.
Sie verputzte den ganzen Apfel.
Danach grinste sie Stefan an,
als wäre nichts gewesen.

„Das ist Brokkoli“, stellte Stefan den Zombie vor. Aber Anna und er schienen sich schon angefreundet zu haben, während er noch geschlafen hatte.

„Danke, dass du mich gerettet hast“, plapperte Anna los.

„Ich dachte, ich müsse für immer ein Zombie bleiben.“

So ganz hatte sie ihr Zombie-Dasein also nicht vergessen.

„Woher wusstest du eigentlich, wie du mich zurückverwandelst?“

Stefan dachte an die verbotenen Bücher.

Und all die weiteren Geheimnisse in ihnen.

Der Zaubertrank hatte gewirkt.

Wie viel Wahres steckte noch in den Geschichten?

„Oh, weh“, hörte er Anna.

„Diesen Blick kenne ich.

Du suchst schon das nächste Abenteuer, oder?“

Stefan lachte.
Für heute hatte er genug erlebt.
Aber morgen ...
„Wäre das so schlimm?“, fragte er.
Brokkoli schüttelte den Kopf.
Er hüpfte aufgeregt auf einem Bein.
Anna überlegte.
Schließlich lachte auch sie.
„Sei nur neugierig, Stefan.
Solange ich dabei nicht wieder
zum Zombie werde!“

Hurra! Du hast es geschafft!

HERZLICHEN GLÜCKWUNSCH!

URKUNDE

____

(Name)

hat das spannende Buch

Zombies – bis der Arzt kommt!

____

bis zum Ende gelesen.

______________ ______________________________

(Datum) (Unterschrift)

CARLSEN

Seite hier heraustrennen

Seite hier heraustrennen

Zombies – bis der Arzt kommt!

Mini-Wörterbuch

CARLSEN

Blöcke:
Fast die gesamte Welt von Stefan und Anna besteht aus Blöcken.

Craften:
Als Crafting bezeichnet man die Herstellung von Dingen.

2

Creeper:
Creeper (sprich: Krieper) oder → **Kriecher** sind fiese → **Mobs**. Sie schleichen sich an und explodieren!

Droppen:
Manche Kreaturen können Gegenstände fallen lassen. Diese schweben dann als Drop über dem Boden.

3

Eiswanderer:
Der Eiswanderer ist eines von vielen Monstern.

Inventar:
Das Inventar ist eine unsichtbare Tasche. Darin verstaust du Nahrung oder Werkzeuge.

4

Kriecher:
Siehe → **Creeper**

Mob:
Meist wird Mob als coolerer Begriff für „Monster“ verwendet.

5

Nether:
Die Welt, in der Stefan und Anna leben, besteht aus drei Ebenenoder Dimensionen: der Oberwelt, dem Nether und dem Ende.

6

Spawnen:
Wenn ein Spieler oder eine Kreatur erscheint, nennt man das spawnen. Ein Monsterspawner ist eine Spinne, die weitere Spinnen ausspuckt.

7

Trank:
Tränke musst du an einem Braustand herstellen. Sie helfen oder fügen Schaden zu.

Tundra:
Die verschneite Tundra ist einer von unzähligen Lebensräumen in Stefans und Annas Welt.

8

Seite hier heraustrennen

Bastle dir dein Mini-Wörterbuch!
So geht's:

1

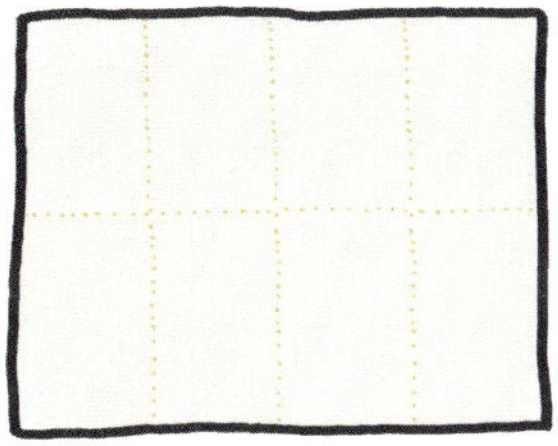

2

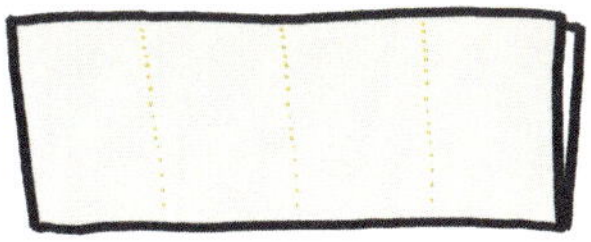

3

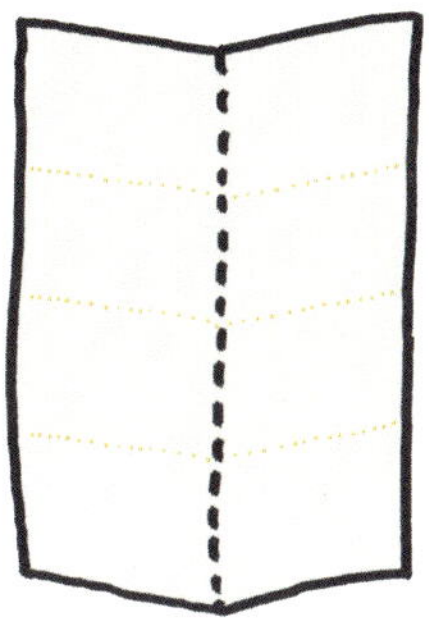

4

5

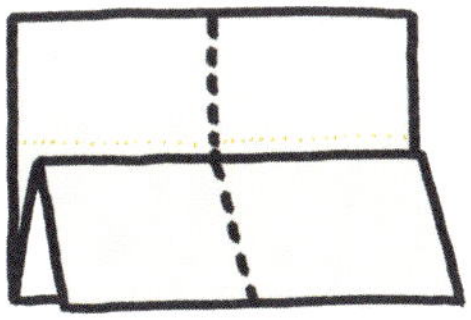

6

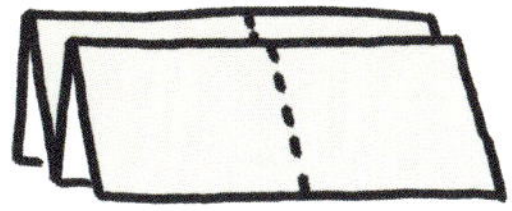

7

8

9

10

11

Stefan

Brokkoli